EXTRAIT

Des Regiſtres de Délibérations des Diſtrict & Commune de St.-Nicolas-du-Chardonnet.

Du 7 Septembre 1789.

LES Diſtrict & Commune de St.-Nicolas-du-Chardonnet, aſſemblés généralement d'après une affiche ſpéciale & au ſon de la caiſſe, il a été fait lecture :

1°. D'une Lettre de M. le Maire, en date du 30 du mois d'Août, envoyée circulairement à tous les Diſtricts, par laquelle il les engage à hâter la formation d'un Corps Municipal proviſoire, néceſſaire dans les circonſtances actuelles ;

2°. D'un Arrêté de l'Aſſemblée des Repréſentans de la Commune, en date du même jour, tendánt au même but, quoiqu'offrant des moyens un peu différens ;

3°. De diverſes Délibérations de pluſieurs Diſtricts, relativement à la Lettre & à l'Arrêté ci-deſſus.

Enſuite, M. *Mulot*, Préſident de l'Aſſemblée, l'un des Commiſſaires nommés pour l'examen du

A

Plan provifoire du Municipalité, a fait, ainfi qu'il
fuit, le Rapport du travail defdits Commiffaires.

RAPPORT

*Du travail des Commiffaires nommés pour l'examen
du l'lan provifoire de Municipalité.*

.L'Affemblée générale des Diftrict & Commune
de St.-Nicolas-du-Chardonnet ayant nommé par
la Délibération du 24 Août, feize Commiffaires
pour l'examen du projet d'un Plan provifoire de
Municipalité, propofé par la Ville. Les Commiffaires nommés fe font occupés, de la manière la
plus férieufe, de cet examen ; d'abord ils ont cru
devoir pofer des bafes certaines, auxquelles ils ap-
pliquaffent enfuite les principes du plan provifoire.
Les bafes à pofer ont été reconnues devoir être
en général celles-ci :

1º. Le pouvoir Municipal réfide avec plénitude
& fans partage dans la Commune affemblée, col-
lectivement ou par Diftricts.

2º. L'exercice du pouvoir, communiqué au
Corps repréfentant, fe divife en trois branches, ef-
fentiellement diftinctes & féparées.

La puiffance qui fait les Loix,

Celle qui les exécute,

Celle qui maintient les formes, & qui exerce

une furveillance continuelle fur les Dépofitaires & les Agens.

3°. Ce n'eft que de la fage combinaifon des pouvoirs, d'une jufte diftribution de travaux que peuvent naître l'ordre & la liberté : la réunion des pouvoirs produifant infailliblement le Defpotifme & la fervitude.

4°. Toujours l'inégalité du partage dans la repréfentation conduit à l'Ariftocratie.

5°. Le défaut d'un Tribunal de refponfabilité mène toujours à la tyrannie.

6°. Les attributions & les travaux cumulés fur la tête des Chefs font la fource du Defpotifme, le plus infupportable de tous, le Defpotifme des Subalternes & de la Bureau-cratie.

7°. La réunion des pouvoirs dans la même main engendre l'oppreffion & renverfe la liberté civile & politique.

De ces principes il a paru que l'on devoit conclure que le régime de la liberté doit, même dans un état provifoire, fe reconnoître à ces quatre caractères dont rien ne peut difpenfer.

1°. L'égalité de repréfentation ;
2°. La divifion des pouvoirs ;
3°. Une fage économie dans la diftribution des travaux ;

A 2

4°. Un Tribunal de responsabilité toujours subsistant.

Ces principes posés, ces caractères admis, les Commissaires en ont rapproché le projet de plan de Municipalité.

Par ce rapprochement il a paru que, malgré les soins des Redacteurs du Plan provisoire, malgré leur intelligence, & la droiture de leurs vues, leur travail ne reposoit pas sur ces bases reconnues pour être les seules solides.

D'abord, quant à l'égalité de représentation, on ne voit rien qui la rappelle, ni dans la formation de l'Assemblée générale , ni dans celle du Conseil & du Bureau de la Ville.

La puissance législative & la puissance exécutive n'y sont jamais distinctes & séparées.

On voit le Bureau de la Ville & le Conseil former deux Corps, qui rentrent tellement l'un dans l'autre que du moindre dépend l'activité du plus grand.

Nulles fonctions n'y paroissent incompatibles.

Les mêmes font la Loi dans l'Assemblée des Représentans , l'exécutent dans le Conseil de Ville, l'interprètent dans le Bureau, l'appliquent aux cas particuliers dans le Tribunal contentieux. Tour-a-tour, sous des formes différentes, ils sont là

(5)

Législateurs, ici Administrateurs ou Juges, & souvent tout-à-la-fois Officiers Civils & Militaires.

Les Départemens ne sont pas organisés dans ce Plan. Les Assesseurs sont égaux au Chef par leur dignité de Représentans. Le privilége d'avoir seuls la décision & la signature attribué aux Présidens, les place si fort au dessus de leurs Pairs, & leur donne une telle supériorité d'influence, que l'on ne voit plus dans les Assesseurs que des Subordonnés qui peuvent être complaisans, ou des Collègues qui peuvent embarasser, retarder & contrarier la marche de l'Administration.

Contre l'acception même de son nom, le *Conseil* de la Ville ne s'assemble jamais, ne délibère point en Commun, ne réunit jamais ses Membres.

Les Départemens sont isolés & indépendans; nulle correspondance, nulle réciprocité de rapport entre eux. Ce sont huit Ministères différens. Chaque Département est maître dans sa Division & chaque Président est maître dans son Département.

L'abus est toujours si près de l'autorité, l'oppression si près du pouvoir, la domination si près du commandement, que pour rétablir l'égalité entre celui qui obéit & celui qui commande il faut des Tribunaux de responsabilité, auxquels le recours contre l'oppression & la violation des Loix soit facile & toujours ouvert aux

Citoyens. Or, dans le Plan de Municipalité l'on n'apperçoit ni cette reſſource contre l'abus du pouvoir, ni même de Tribunal de compatibilité autre que celui de l'Aſſemblée générale, qui, ne devant exercer qu'une ſurveillance univerſelle, eſt nul & inſuffiſant pour les cas particuliers.

Cette cumulation de pouvoirs, de forces incompatibles ſe reconnoît ſur-tout dans le Bureau de la Ville.

Il a l'autorité interprétative des Loix, il ſurveille les opérations des Départemens, exerce la légiſlation proviſoire, a le droit excluſif de convoquer les Communes, le droit de déclarer que la choſe publique eſt en péril & de donner des déciſions promptes dans les cas imminens & a la diſpenſation de la force Militaire, la formation des Départemens, la nomination de toutes les places qui en dépendent.

Pour y être admis il faut être ou Chef ou Officier de la Municipalité : tout autre Repréſentant de la Commune eſt exclu; ce Bureau eſt conſéquemment formé de ceux qui jouiſſent de toute la conſidération comme Chefs de la Municipalité : de toute l'autorité comme Chefs de l'Adminiſtration; de la puiſſance des moyens comme Chefs de la force Militaire; de l'aſcendant du crédit comme Diſpenſateurs des graces & de toutes les places.

On reftreint à vingt-un le nombre de fes Membres & toutes les Délibérations, toutes les réfolutions peuvent être valablement prifes par neuf Délibérans. Le Chef de la Municipalité peut convoquer à fa volonté; il a le pouvoir partitif: lui & le Commandant-Général réuni avec quatre autres Membres du Bureau; par exemple, avec un Echevin, le Procureur-Général & fes Subftituts peuvent rendre & faire exécuter les Ordonnances les plus importantes, mettre en activité dans un moment critique tous les pouvoirs & difpofer de toutes les forces de la Commune.

Cette application du Plan provifoire aux principes a donc démontré deux chofes; la première, qu'il ne pouvoit être aucunément admis tel qu'il eft préfenté, puifqu'il eft contraire à tous les principes reconnus effentiels à une conftitution Municipale. La feconde, qu'il étoit néceffaire de faire un Plan d'après ces principes immuables. Les feize. Commiffaires, convaincus du befoin preffant d'une Municipalité, s'en étoient déjà occupés. M. l'Abbé *Montmignon* avoit été fpécialement choifi par eux pour réunir leurs idées, les combiner & en faire un tout, lorfque l'on reçut une Lettre de M. Bailly aux différens Diftricts, & un Arrêté des Repréfentans de la Commune. Par cet Arrêté,

fur-tout , fait d'accord avec M. le Maire, il eſt de-
mandé que les Diſtricts veuillent bien , à raiſon des
circonſtances & de la proximité de l'hyver , admettre proviſoirement les Titres III , IV & V du
Plan proviſoire.

Pour ſuivre les vues de l'Aſſemblée générale, au
moment où elle a nommé les ſeize Commiſſaires ;
c'eſt-à-dire, pour éviter les Diviſions d'opinions
& les Diſcuſſions toujours tumultueuſes dans les
grandes Aſſemblées , les Commiſſaires , d'accord
avec M. le Préſident , (nommé précédemment l'un
des Commiſſaires) ont penſé qu'ils devoient, avant
de communiquer cette Lettre à l'Aſſemblée , pré-
parer un travail qui abrégeat le ſien ; en conſé-
quence , l'examen fait des Titres III , IV & V ,
dont on demande l'approbation proviſoire : conſi-
dérant que même proviſoirement l'on ne pouvoit
admettre & approuver un Plan qui ſeroit contraire
à tous principes d'une bonne Conſtitution Municipale , ils ont crû que l'on pouvoit arrêter que les
Titres III , IV & IV ne ſeroient admis qu'avec
les Changemens & les Modifications ſuivantes.

TITRE III.

De l'Affemblée générale des Repréfentans de la Commune.

Plan propofé par la Ville.	*Changemens & Modifications.*

ART. I.

L'Affemblée générale des Repréfentans de la Commune de Paris fera compofée de trois cent Membres, y compris les foixante, formant le Confeil de Ville.

ART. I.

L'Affemblée générale des Repréfentans de la Commune de Paris fera compofée de trois cent Membres.

II.

L'Election des trois cent Membres fera faite par l'Affemblée générale de chaque Diftrict, à raifon de cinq par Diftrict, dans la forme prefcrite par l'article VIII, du titre 17 des Elections, & par le Réglement particulier ci après.

II.

L'Election des trois cent Membres fera faite par l'Affemblée générale de chaque Diftrict, à raifon de cinq par Diftrict. Chacun des cinq pour être élu aura befoin de la majorité abfolue, c'eft-à-dire, qu'il lui faudra un fuffrage au-deffus de moitié des votans. On procédera conféquemment à un premier fcrutin ; alors fi la majorité abfolue n'eft point décidée, on procédera à un troifième ; mais on ne pourra choifir que par-

Plan proposé par la Ville.   *Changemens & Modifications.*

mi les deux Concurrens qui, au second scrutin, auront eu le plus de voix. Aucun individu ne pourra être élu pour exercer la Municipalité qu'il n'ait au moins un an d'établissement à Paris s'il est François, &, s'il est étranger, à moins qu'il ne soit naturalisé François & qu'il n'ait quatre années d'établissement dans la Capitale.

III.

Il sortira chaque année de l'Assemblée générale un des cinq Membres appartenans à chaque District, de telle manière que cette Assemblée soit entièrement renouvellée en cinq ans, au moins quant aux Représentans qui ne seront pas du Conseil de Ville.

III.

Les fonctions des Députés ne pourront durer que six mois, tems auquel on limite la durée de la Municipalité provisoire, sauf à la continuer. Au bout des six mois les Députés seront tenus, pour pouvoir exercer leurs fonctions, d'avoir de nouveaux pouvoirs, & leur élection se fera par la voie du scrutin, comme il est spécifié article II.

Les Articles IV & V, supposant une durée de plus de six mois, nous n'en faisons aucune mention.

Plan proposé par la Ville.

VI.

S'il arrive qu'un Repréfentant change de Domicile & de Diftrict pendant qu'il fera en place, il continuera d'appartenir au Diftrict qui l'aura nommé, jufqu'à ce qu'il foit forti de fes fonctions; fon tems étant expiré, il fera incorporé au Diftrict où fera fon nouveau Domicile.

VII.

Chaque Repréfentant appartenant à toute la Commune, aucun ne pourra être révoqué par les Affemblées de Diftricts, à moins qu'il ne tombe dans les cas prévus par l'article II, du titre des Elections.

Changemens & Modifications.

VI.

Si pendant l'efpace des fix mois un Repréfentant change de Domicile & de Diftrict pendant qu'il fera en place, &c.

VII.

Chaque Repréfentant appartenant à fon Diftrict avant d'appartenir à la Commune, où il n'eft que fon conftitué, fera révocable à la volonté du Diftrict, pour les caufes fpécifiées article II, du titre des Elections, & pour toute autre raifon, mais par la feule Affemblée générale du Diftrict.

VIII.

L'Affemblée générale des Repréfentans jugera feule à fon ouverture, les Difcuffions relatives aux pouvoirs & aux élections des Diftricts.

Plan proposé par la Ville.   *Changemens & Modifications.*

I X.

L'article I X est inutile, puisque nous ne donnons que six mois de durée à l'exercice provisoire du Plan de Municipalité.

X.

L'Assemblée Générale sera présidée par le Maire ; elle nommera deux Vice-Présidens & deux Secrétaires, qui tiendront Registre de toutes les Délibérations.

X.

M. le Maire exerçant le pouvoir exécutif, ne peut pas présider le corps législatif de la Municipalité ; en conséquence, ainsi qu'il se pratique à l'Assemblée Nationale, l'Assemblée Générale se nommera un Président, deux Vices Présidents, & deux Secrétaires.

X I.

Elle examinera le compte qui lui sera rendu par les Officiers, composant le Conseil & le Bureau de la Ville, de leur gestion pendant le semestre précédent ; elle procédéra aux élections que la présente constitution lui attribue ; & fera tous les Réglemens nécessaires au maintien de la présente Constitution.

X I.

L'Assemblée procédéra aux Elections, que la présente Constitution provisoire lui attribue, fera les Réglemens nécessaires au maintien de ladite Constitution provisoire à la charge de l'approbation par les Districts.

Plan proposé par la Ville.	*Changemens & Modifications.*
### XII.	### XII.

Plan proposé par la Ville — XII.

Cette Assemblée aura pareillement le droit de faire & de fanctionner d'après les principes établis par la préfente Conftitution, les changemens qui feront jugés convenables dans la répartition des fonctions du Confeil de Ville.

Changemens & Modifications — XII.

Elle aura le droit de faire provifoirement les changemens, qui feront jugés convénables dans la répartition des fonctions du Confeil de Ville.

XIII.

L'Affemblée générale délibèrera fur les objets qui lui feront préfentés, tant par le Confeil de la Ville, que par chacun des Officiers qui le compofent ; & fur les Motions propofées par chacun des Repréfentans, pour éviter la confufion dans les Difcuffions, il fera fait, à chaque Seffion, un ordre de travail par l'Affemblée générale.

XIV.

Elle fera particulièrement chargée de règler les honoraires, émolumens & dépenfes de toutes les Places quelconques, dépendantes de la Municipalité ; elle fera la plus grande attention à ce que les travaux, de ceux qui feront appellés à ces places, foient récompenfés d'une manière honorable, fans pouvoir jamais devenir un fardeau pour la Commune.

Ce Reglement, néanmoins, ne fera définitivement exécuté qu'après avoir reçu la fanction de la pluralité des Diftricts.

| *Plan proposé par la Ville.* | *Changemens & Modifications.* |

X V.

Nulle décision de l'Assemblée Générale ne sera valable, si, lorsqu'elle a été prise, l'Assemblée n'étoit composée de quatre-vingt Membres.

X V.

Nulle décision de l'Assemblée Générale ne sera valable, si, lorsqu'elle a été prise, l'Assemblée n'étoit composée de la moitié de ses Représentans.

X V I.

La première Assemblée des Représentans de la Commune, s'occupera de faire un Réglement général de Police pour ses délibérations & pour son intérieur.

T I T R E IV.

Du Conseil de Ville.

A R T. I.

Le Conseil de Ville sera composé du Maire, du Commandant-Général, de huit Echevins, du Procureur-Général de la Commune, de deux Subftituts du Procureur-Général, de huit Présidents de Départemens, & de 39 Affesseurs, formant le nombre de 60.

A R T. I.

Le Conseil de Ville sera composé du Maire, du Procureur Syndic, de deux Subftituts du Procureur Syndic, de huit Présidens de Départemens & de 60 Conseillers de Ville, Affesseurs, ce qui formera 72 ; mais le Procureur Syndic & les Subftituts

Plan proposé de la Ville. | *Changemens & Modifications.*

ne pourront y avoir voix délibérative.

II.

Ils ferons tous élus au fcrutin par l'Affemblée Générale, & pris dans fon fein, à l'exception du Commandant Général, ainfi qu'il fera expliqué ci-après.

II.

Le Commandant-Général ne préfidera qu'au Comité militaire & n'aura entrée dans l'Affemblée que quand il fera appellé. Les Membres du Confeil de Ville feront pris un de chaque Diftrict.

Les Préfidens de Départemens pourront être choifis hors de l'Affemblée.

Les Articles III, IV & V ne peuvent avoir lieu dans la fuppofition d'un Plan provifoire, fixé à fix mois.

V I.

Dans le cas de faillite, abfence totale de Paris, & autres évènemens qui empêcheroient d'exécuter leurs fonctions, le Maire, le Commandant Général, le Procureur Syndic, les Préfidens de Départemens feront remplacés. Le Maire, ou le premier Echevin, à fon défaut, convoquera une Affemblée extraordinaire des Repréfentans de la Commune, pour procéder feulement à l'élection de l'Officier qui devra remplacer, & cela huit jours après sa mort, sa démission, ou tel autre évènement qui aura fait vaquer la place.

VII.

Chacun des Officiers & Conseillers de Ville, Assesseurs aura Séance & voix délibérative dans l'Assemblée générale des Représentans de la Commune, excepté lors de l'examen de sa gestion.

VII.

Ni le Maire, ni les Membres du Conseil de Ville ne pourront avoir voix délibérative dans l'Assemblée - Générale, pârce qu'ils font constitués par elle, & qu'ils doivent sans cesse compte aux Constituans.

VIII.

Aucun des Membres du Conseil de Ville ne pourra être en même-tems Député à l'Assemblée Nationale. Si aucun d'eux étoit élu, il seroit tenu d'opter.

(On a cru devoir ajouter ici un neuvième article).

IX.

Le Conseil de Ville sera toujours en activité & en relation avec l'Assemblée, il statuera sur les moyens d'établir l'harmonie entre les opérations respectives des Départemens sur tous objets

<table>
<tr><td>Plan proposé par la Ville.</td><td>Changemene & Modifications.</td></tr>
</table>

	objets d'utilité publique & d'Aminiſtration générale, notamment la taxe du pain & de la viande, les ſubſiſtances, les approviſionnemens & ſurveillance générale ſur l'éducation publique & les Hôpitaux.

TITRE V.

Du Bureau de Ville.

A R T. I.	**A R T. I.**
Le Bureau de Ville ſera compoſé de 21 Officiers du Conſeil de Ville, déſignés dans l'article premier du Titre précédent.	Le Bureau de la Ville ſera compoſé du Maire, de huit Echevins, de douze Aſſeſſeurs, nommés par l'Aſſemblée, dont deux par chaque Diviſion. Le Procureur-Syndic & les Subſtituts n'y auront pas voix délibérative, ainſi que les huit Préſidens qui n'y entréront que comme Rapporteurs.

I I.

Il s'aſſemblera régulièrement une fois tous les jours, & plus ſouvent, s'il eſt néceſſaire, ſur la

Plan proposé par la Ville.　*Changemens & Modifications.*

convocation du Maire; ou, à son défaut, du premier Echevin.

III.

Le Bureau délibérera sur les moyens d'établir l'harmonie entre les opérations respectives des Départemens : il pourvoira dans les cas urgens, par des décisions promptes, au maintien de l'ordre ; il procédera aux présentations qui lui sont réservées par la présente constitution, & préparera les matières qui doivent être portées par le Conseil de Ville à l'Assemblée-Générale.

III.

Le Bureau de la Ville sera un Tribunal de surveillance, de responsabilité & de recours contre l'oppression. Il pourvoira dans les cas urgens par des décisions promptes au maintien de l'ordre, de la sûreté individuelle & de la liberté publique ; & il correspondra continuellement avec l'Assemblée-Générale, qui restera toujours en activité dans l'état provisoire.

IV.

Le Bureau de Ville nommera à toutes les places, dépendantes des divers Départemens, sur la présentation du Président du Département, dont la place dépendra. Cette présentation sera préalablement ment approuvée par le Maire.

V.

L'Assemblée du Bureau sera complette quand il sera composé de neuf Membres.

V.

L'Assemblée du Bureau ne pourra rien décider qu'il n'y ait moitié des Membres ayant voix.

V I.

Le plus jeune des Membres du Bureau tiendra Regiſtre à chacune de ſes Séances.

Il eſt à remarquer que le Plan proviſoire n'eſt examiné que ſous le point de vue de ſes rapports avec l'eſſence d'une Conſtitution Municipale, & l'on ne s'eſt point arrêté à ce qui cependant a frappé, c'eſtà-dire aux pouvoirs dont proviſoirement on dépouille pluſieurs Juriſdictions & Cours, ſans que ces Juriſdictions & Cours ſoient, de fait, anéanties, & les Charges rembourſées. On n'a pas non plus cherché à donner un Plan parfait, mais à purger ſeulement le Plan propoſé de ce qu'il avoit de contraire aux principes conſtitutifs d'une bonne Municipalité.

Si l'on a borné à ſix mois l'examen du Plan proviſoire modifié, c'eſt que l'on eſt convaincu que d'ici à cette époque, l'Aſſemblée Nationale aura fixé les baſes générales des Municipalités du Royaume, & que le Plan, ayant été rédigé en moins de deux mois, pourra, d'après le choc des lumières qui partent de toutes parts, être refait en moins de ſix. Enfin le but eſt de forcer à ne pas ſe repoſer ſur le Plan proviſoire, & à terminer un ouvrage qui eſt de la première néceſſité.

Lecture faite du précédent Rapport, l'affaire miſe

en délibération par M. le Préfident, les fuffrages, à chaque article féparement, ayant été pris par affis & de bout, il a été arrêté que les Commiffaires, & notamment M. l'*Abbé de Montmignon*, feroient remerciés de leur travail, & que ledit travail feroit adopté en fon entier, imprimé, envoyé à M. le Maire, & adreffé à tous les Diftricts.

Il a été arrêté en outre que les Députés qui feront élus feront tenus de prêter ferment qu'ils défendront les délibérations du Diftrict dont ils feront les Repréfentans ; qu'ils ne prétendront point préfider ledit Diftrict, en qualité de Député, comme le porte le Plan provifoire de Municipalité ; qu'ils confentent à ne pas être éligibles aux places d'Officiers dans l'intérieur des Diftricts, tant qu'ils feront Députés ; comme auffi à n'y pas avoir voix délibérative pendant la durée de leur Députation.

Il a été encore ftatué que les Officiers du Diftrict pourront être élus pour Repréfentans à la Commune ; mais qu'auffi-tôt leur élection faite ils opteront entre la place d'Officiers du Diftrict & la Députation, ces deux fonctions étant regardées comme incompatibles : que lefdits Repréfentans à la Commune ne pourront être pris parmi les Chef de Divifion, Commandant de Bataillon & généralement les Officiers qui ont droit au Confeil de guerre, pour que le pouvoir Militaire ne fe trouve pas réuni au pouvoir Municipal.

Il a été décidé de plus, que nos Députés élus feront tenus de demander qu'il ne refte au milieu des nouveaux Repréfentans nommés, & dans les divers Départemens de la Ville aucun des Electeurs anciens qui y font reftés fans miffion & fans droit : qu'ils prefferont une nouvelle Divifion des Diftricts, qui foit plus conforme à la population & qui évite les difficultés fans nombre que la préfente Divifion fait naitre. Qu'enfin ils folliciteront auprès de l'Affemblée des Repréfentans la fuppreffion du Diftrict illufoire de l'Univerfité ; Diftrict compofé de différens Membres, qui déja font partie d'autres Driftricts, où ils opinent, ont des places & exercent des fonctions.

Signé,

F. MULOT, *Ch. de St.-Victor, Préfident,*
Le Comte DE LA CÉPÈDE, *Vice-Préfident,*
THIRRIA DE VALSENNE, *Secrétaire.*

Pour Copie conforme à l'Original,

THIRRIA DE VALSENNE.

De l'Imprimerie de CAILLEAU, l'un des Imprimeurs-Electeurs de la Ville de Paris, rue Gallande, N°.64.